어떻게 우리가 춤과 춤꾼을 구별할 수 있겠는가

일러두기

- 이 책은 윌리엄 버틀러 예이츠가 쓴 시 중 40편을 골라 번역하고 엮은 것이다. 시들은 작시 연대순으로 배열했으며, 번역을 위해 옮긴이가 참고한 책은 다음과 같다. William Butler Yeats, *The Collected Poems of W. B. Yeats* (London: Macmillan, Second Edition, with later poems added, 1950).

- 이 책에 실린 주석은 모두 옮긴이 주다. 읽기의 편의를 위하여 주석 표기는 해당 단어가 포함된 구(句) 다음에 넣었다.

- 모든 행의 첫머리는 들여 쓰기를 하였다.

- 문장부호의 경우, 한국과 쓰임이 다른 부호가 있음을 고려하여 번역문에서는 한국식으로 썼다. 가령 대시(—)는 한국에서는 잘 쓰지 않는 문장부호임을 고려하여 번역문에는 문맥상 꼭 필요한 부분에만 넣었다. 감정을 나타내는 쉼표와 느낌표 등은 한국어 문장의 맥락과 호흡을 고려하여 생략하거나 추가했다. 특히 번역문에서의 따옴표 표기는 원문의 따옴표 표기 방식과 상관없이 한국어의 표기 방식을 따랐다.

- 한 편의 시가 여러 쪽으로 나뉘는 경우, 연 단위로 구분하고 시의 마지막 행에 '▸'를 표기하여 다음 쪽에 이어짐을 표시했다. 하나의 연이 길어서 여러 쪽으로 나뉘는 경우에는 '▸▸'를 표기하여 해당 연이 계속 이어짐을 표시했다.

- 작가의 저작을 표기할 때에는 시집과 장편·단편 작품을 구분하여 표기하였다. 시집은 겹낫쇠(『 』)로 표기하고 원제를 이탤릭체로, 장편 작품은 큰따옴표로 표기하고 원제를 이탤릭체로, 단편 작품은 홑낫쇠(「 」)로 표기하고 원제를 정자로 썼다. 문학잡지, 계간지 등은 '≪ ≫'로 표기하고, 원제를 이탤릭체로 썼다. 문학 작품 외에 공연 등 극 작품은 '〈 〉'로 표기했다.

한울세계시인선 08

어떻게 우리가 춤과 춤꾼을 구별할 수 있겠는가

윌리엄 버틀러 예이츠 시선집

윌리엄 버틀러 예이츠 지음

이철 옮김

차례

Contents

술은 입으로 들어오고
사랑은 눈으로 들어오느니
—「술 노래」

The Meditation of The Old Fisherman

You waves, though you dance by my feet like children at play,

Though you glow and you glance, though you purr and you dart;

In the Junes that were warmer than these are, the waves were more gay,

When I was a boy with never a crack in my heart.

The herring are not in the tides as they were of old;

My sorrow! for many a creak gave the creel in the cart

That carried the take to Sligo town to be sold,

When I was a boy with never a crack in my heart.

And ah, you proud maiden, you are not so fair when his oar

Is heard on the water, as they were, the proud and apart,

Who paced in the eve by the nets on the pebbly shore,

When I was a boy with never a crack in my heart.

늙은 어부의 명상

파도여, 너희는 뛰노는 아이처럼 내 발치에서 춤을 추고,
반짝반짝 빛을 내며 가르랑거리고 몰려오지만,
지금보다 따뜻했던 6월에는 더 즐거웠었지,
구김살이 없던 내 어린 시절.

바다에는 옛날만큼 청어가 없어
슬프다! 잡은 고기를 팔려고 슬라이고*로 싣고 가던 수레의
생선 바구니 빠각대던 소리 요란했었는데,
구김살이 없던 내 어린 시절.

아, 도도한 아가씨여, 남자의 노 젓는 소리가 바다에서 들려오는 지금,
그대는 옛날 그 고고한 아가씨들만큼은 아름답지는 않아,
저녁이면 자갈밭 해변의 그물 옆을 거닐던 그 아가씨들만큼은,
구김살이 없던 내 어린 시절.

• 슬라이고: 예이츠의 외갓집이 있던 아일랜드 중서부의 항구 도시

When You Are Old

When you are old and grey and full of sleep,
And nodding by the fire, take down this book,
And slowly read, and dream of the soft look
Your eyes had once, and of their shadows deep;

How many loved your moments of glad grace,
And loved your beauty with love false or true,
But one man loved th pilgrim soul in you,
And loved the sorrows of your changing face;

And bending down beside the glowing bars,
Murmur, a little sadly, how Love fled
And paced upon the mountains overhead
And hid his face amid a crowd of stars.

그대가 늙었을 때

그대* 늙어 백발을 한 채 졸음에 겨워
난롯가에서 꾸벅꾸벅 졸 때, 이 시집을 꺼내어
천천히 읽으며 그대의 두 눈이 한때 지녔던
그 부드러운 눈길과 깊은 그늘을 상상하여 보시오.

얼마나 많은 이가 그대의 매력적인 순간들을 사랑했고
진실로건 거짓으로건 그대의 아름다움을 사랑했는지.
그러나 한 사람만이 그대 마음속의 나그네 정신을 사랑했고
변해가는 얼굴의 슬픔도 사랑했다오.

훨훨 타오르는 난로 창살 옆에서 허리를 구부리고
중얼거리시오, 조금 슬프게, 어떻게 사랑이 달아나
머리 위로 솟아 있는 높은 산 위를 밟고 지나가
별 무리 가운데 자기 얼굴을 숨겼는지를.

• 　그대: 예이츠가 평생 사랑하며 시적 대상으로 삼았던 여인 모드 곤(1866~1953)

A Dream of Death

I dreamed that one had died in a strange place
Near no accustomed hand,
And they had nailed the boards above her face,
The peasants of that land,
Wondering to lay her in that solitude,
And raised above her mound
A cross they had made out of two bits of wood,
And planted cypress round;
And left her to the indifferent stars above
Until I carved these words:
She was more beautiful than thy first love,
But now lies under boards.

죽는 꿈*

나는 꿈을 꾸었네,
아는 이 하나 없는 타향에서 죽는 사람의 꿈을.
그 땅의 농부들은
그녀를 그렇게 혼자 눕혀두어도 될지 난감해하면서
얼굴을 덮은 나무 판에 못을 박고,
흙무덤 위에
나무 조각 두 개로 만든 십자가를 세웠네.
그리고 주위에 삼나무를 심고는
하늘의 무심한 별들에게 남겨놓았네,
내가 이런 글을 묘비에 새길 때까지.
그녀는 너**의 첫사랑보다 더 아름다웠지만
지금은 나무 판 아래에 누워 있네.

---

* 「죽는 꿈」: 처음에는 「비문(碑文)」이라는 제목으로 발표된 시로, 구호 활동을 벌이다 과로로 병이 들어 프랑스에서 요양 중이던 모드 곤을 위해 쓴 작품이다. 예이츠는 이 시를 편지에 넣어 모드 곤에게 같이 보냈다.
** 너: 예이츠 자신. 말하자면 이 비문은 예이츠 자신에게 하는 말로 되어 있다. '너의 첫사랑'이란 예이츠의 첫사랑이었던 사촌 로라 암스트롱. 그러나 여기에 나온 '너'를 무덤 앞을 지나가는 사람 혹은 독자로 일반화시켜 볼 수도 있을 것이다.

The Moods

Time drops in decay,

Like a candle burnt out,

And the mountains and the woods

Have their day, have their day;

What one in the rout

Of the fire-born moods

Has fallen away?

시적 정서*

시간은 방울방울 떨어져 사라진다.
양초가 녹아서 다 타버리듯.
산도 숲도
한창때가 따로 있다.
하지만, 불꽃 같은 시적 정서가
낳은 작품들은
어찌 사라지랴?

* 시간, 양초, 자연의 유한성과 예술적 정서, 시적 창조력의 영원성을 대비한 시

He Wishes for the Cloth of Heaven

Had I the heavens' embroidered cloths,
Enwrought with golden and silver light,
The blue and the dim and the dark cloths
Of night and light and the half-light,
I would spread the cloths under your feet:
But I, being poor, have only my dreams;
I have spread my dreams under your feet;
Tread softly because you tread on my dreams.

하늘의 옷감을 원하다

금빛 은빛으로 짠
수놓은 하늘의 천이 내게 있다면,
밤과 낮과 어스름 녘의
푸르고 희미하고 어두운 천이 내게 있다면,
그 천을 그대의 발밑에 깔아놓을 텐데.
난 가난하여 꿈밖에 가진 게 없어요.
내 꿈을 그대 발밑에 펼쳐놓았으니
사뿐히 밟고 가세요,* 내 꿈이오니.

* 김소월의 시「진달래꽃」에 나오는 구절 "사뿐히 즈려밟고 가시옵소서"에 영
  향을 준 시구

19

Never Give All the Heart

Never give all the heart, for love
Will hardly seem worth thinking of
To passionate women if it seem
Certain, and they never dream
That it fades out from kiss to kiss;
For everything that's lovely is
But a brief, dreamy, kind delight.
O never give the heart outright,
For they, for all smooth lips can say,
Have given their hearts up to the play.
And who could play it well enough
If deaf and dumb and blind with love?
He that made this knows all the cost,
For he gave all his heart and lost.

절대로 마음을 다 주지 마라

절대로 마음을 다 주지 마라. 열정적인 여인들은,
사랑이 확실해 보일 때면, 사랑을 두고 생각할 만한 가치가
없는 것으로 여길 거니까.
사랑은 몇 차례 키스를 거치며 결국 시들어 버린다는 사실을
그들은 아예 염두에도 두지 않는다,
사랑스럽게 보이는 것은 모두
덧없고 꿈같은 정겨운 기쁨일 뿐이니까.
아, 마음을 송두리째 주지 마라,
그 여인들은 온갖 감미로운 말을 속삭이면서도
마음을 쏟는 것은 오직 게임으로서의 사랑.
사랑 때문에 귀먹고 눈멀고 벙어리가 된다면
누가 그 게임을 제대로 할 수 있겠는가?
사랑 게임을 했던 나는 그 대가를 잘 알고 있다.
마음을 다 주었다가 그 게임에서 졌으니.

The Old Men Admiring Themselves in the Water

I heard the old, old men say,

'Everything alters,

And one by one we drop away.'

They had hands like claws, and their knees

Were twisted like the old thorn-trees

By the waters.

I heard the old, old men say,

'All that's beautiful drifts away

Like the waters.'

물에 비친 자기 모습에 넋이 빠진 노인들

늙어빠진 노인들이 말하는 것을 들었다,
"모든 것은 변하기 마련,
우리도 하나둘씩 사라져 가지."
그들의 손은 짐승의 발톱 같았고, 무릎은
물가의 오래된 가시나무처럼
뒤틀려 있었다.
늙어빠진 노인들이 말하는 것을 들었다,
"아름다운 모든 것은 흘러가 버린다,
물이 흘러가듯."

O Do Not Love Too Long

Sweetheart, do not love too long:
I loved long and long,
And grew to be out of fashion
Like an old song.

All through the years of our youth
Neither could have known
Their own thought from the other's,
We were so much at one.

But O, in a minute she changed —
O do not love too long,
Or you will grow out of fashion
Like an old song.

애야, 너무 오래 사랑하지는 마라

애야, 너무 오래 사랑하지는 마라.
너무 오래 사랑하다 보니
난 한물가 버렸어
흘러간 노래처럼.

젊은 시절 내내
우리는 알지 못했다,
서로의 생각이 다르다는 것을.
그렇게 우린 하나였지.

그러나 아, 순식간에 그녀는 변하더라ㅡ
너무 오래 사랑하지는 마라
그렇지 않으면 너도 한물갈 거다,
흘러간 노래처럼.

A Drinking Song

Wine comes in at the mouth
And love comes in at the eye;
That's all we shall know for truth
Before we grow old and die.
I lift the glass to my mouth,
I look at you, and I sigh.

술 노래

술은 입으로 들어오고
사랑은 눈으로 들어오느니,
이것이 우리가 늙어 죽기 전에
알게 될 진실의 전부.
나 이제 술잔을 들어 입에 대고
그대를 바라보니 나오는 건 한숨뿐.

The Coming of Wisdom with Time

Though leaves are many, the root is one;
Through all the lying days of my youth
I swayed my leaves and flowers in the sun;
Now I may wither into the truth.

지혜는 세월과 더불어 온다

잎은 많아도 뿌리는 하나.
거짓으로 보낸 젊은 시절 내내
나는 햇빛을 받으며 내 잎과 꽃을 마구 흔들어 댔으니,
이제는 시들어 가며 진실의 뿌리 속으로 움츠려 들려나?

A Friend's Illness

Sickness brought me this
Thought, in that scale of his:
Why should I be dismayed
Though flame had burned the whole
World, as it were a coal,
Now I have seen it weighed
Against a soul?

친구의 병

'친구의 병(病)'이라는 저울로
이런 생각을 하게 되었다.
온 세상이 석탄 덩어리처럼
불타버린다 해도
당황할 이유가 있겠는가? 하는.
온 세상의 무게가 한 영혼의 무게에 견주어 재어지는 것을
내가 보게 되었으니 말이다.

Paudeen

Indignant at the fumbling wits, the obscure spite
Of our old paudeen in his shop, I stumbled blind
Among the stones and thorn-trees, under morning light;
Until a curlew cried and in the luminous wind
A curlew answered; and suddenly thereupon I thought
That on the lonely height where all are in God's eye,
There cannot be, confusion of our sound forgot,
A single soul that lacks a sweet crystalline cry.

장사치

가게에서 물건을 만지며 잔머리를 쓰는, 눈치채기 힘든 악의를 가진

이 나라의 늙은 장사치에 분개하여 나는, 아침 햇살에 눈이 부신 채 비틀비틀

바위와 가시나무 사이를 누비고 나아갔다.

이윽고 도요새 한 마리가 울자, 빛나는 바람결에

다른 도요새가 응답했다. 그 순간 이런 생각이 들었다.

모든 것이 신의 눈 안에 있는 외딴 고지에서는

인간 세상의 혼란스런 소리는 잊혀지고,

누구나 다 아름답고 맑은 소리로 외칠 거라는 생각이.

The Realists

Hope that you may understand!
What can books of men that wive
In a dragon-guarded land,
paintings of the dolphin-drawn
Sea-nymphs in their pearly wagons
Do, but awake a hope to live
That had gone
With the dragons?

현실주의자들

이해하기 바란다!
용이 지키는 나라에서
아내를 맞은 남자들을 다룬 책이,
돌고래가 끄는, 진주로 장식한 마차를 탄
바다 요정을 그린 그림이, 무엇을 할 수 있겠는가?
용과 함께
사라져 버린
삶의 희망을 일깨우는 것밖에.

The Witch

Toil and grow rich,
What's that but to lie
With a foul witch
And after, drained dry,
To be brought
To the chamber where
Lies one long sought
With despair?

마녀

개처럼 벌어 부자가 되는 것,
그것은 더러운 마녀와
잠자리를 하고서
정기가 빨린 후에,
오랫동안 그리워해 온
여자가 누워 기다리는 침실에
절망하며
이끌려 들어가는 것과 다를 바가 있겠는가?

A Song

I thought no more was needed
Youth to prolong
Than dumb-bell and foil
To keep the body young.
O who could have foretold
That the heart grows old?

Though I have many words,
What woman's satisfied,
I am no longer faint
Because at her side?
O who could have foretold
That the heart grows old?

I have not lost desire
But the heart that I had;
I thought 'twould burn my body ▸▸

노래

늙지 않고
육체의 젊음을 유지하려면
아령과 펜싱 검이면 족하다고
나는 생각했다
아, 마음이 이렇게 늙을 줄
누가 예상이나 했으랴?

내가 아무리 말을 잘해도
어느 여자가 만족하겠는가?
이제는 여자 옆에 있어도
까무러칠 정도로 좋지는 않다.
아, 마음이 이렇게 늙을 줄
누가 예상이나 했으랴?

내가 잃어버린 것은 욕망이 아니라
예전에 가졌던 마음이다.
나는 죽을 때까지도 내 육신이 ▸▸

Laid on the death-bed,

For who could have foretold

That the heart grows old?

욕망으로 타오를 거라고 생각했었지.

아, 마음이 이렇게 늙을 줄
누가 예상이나 했으랴?

Tom O'Roughley

'Though logic-choppers rule the town,
And every man and maid and boy
Has marked a distant object down,
An aimless joy is a pure joy,'
Or so did Tom O'Roughley say
That saw the surges running by.
'And wisdom is a butterfly
And not a gloomy bird of prey.'

'If little planned is little sinned
But little need the grave distress.
What's dying but a second wind?
How but in zig-zag wantonness
Could trumpeter Michael be so brave?' ▸▸

톰 오롤리*

"논리만 따지는 자들이 정치를 하고
애고 어른이고 할 것 없이 모두
먼 목표를 지향해 왔지만,
목적 없는 기쁨이야말로 순수한 기쁨이야."
파도가 밀려드는 것을 보며 톰 오롤리는
그런 투로 말했다.
"지혜란 나비이지,
우울한 독수리가 아니야."

"고의가 없으면 죄가 되지 않는다면
죽음 때문에 괴로워할 필요가 없지.
죽는다는 것은 새로운 생명을 얻는 게 아니고 뭐겠어?
갈팡질팡 제멋대로 굴지 않는다면
나팔수 마이클은 어찌 그리 용감할 수 있겠어?" ▸▸

* 톰 오롤리: 예이츠의 후기 시에 나오는 '미친 제인'처럼 사회적 통념을 깨고 인
간 사회의 모순적 진실을 말하는 바보 캐릭터

Or something of that sort he said,

'And if my dearest friend were dead

I'd dance a measure on his grave.'

그런 식으로 그는 말했다.

"절친이 죽는다면, 나는

그 무덤 위에서 덩실덩실 춤을 출 거야."

The Dawn

I would be ignorant as the dawn

That has looked down

On that old queen measuring a town

With the pin of a brooch,

Or on the withered men that saw

From their pedantic Babylon

The careless planets in their courses,

The stars fade out where the moon comes,

And took their tablets and did sums;

I would be ignorant as the dawn

That merely stood, rocking the glittering coach

Above the cloudy shoulders of the horses;

I would be — for no knowledge is worth a straw —

Ignorant and wanton as the dawn.

새벽

나는 새벽처럼 무심하고 싶어,

옷핀으로

도시를 측량하는 늙은 여왕을*

내려다보는 새벽처럼,

현학적 바빌론에서

아무런 생각도 없이 궤도를 도는 행성들과

달이 뜨는 곳에서 빛을 잃어버리는 별들을 관찰하며

별자리 판을 가지고 계산을 하는**

쇠약한 늙은이들을 내려다보는 새벽처럼,

나는 새벽처럼 무심하고 싶어,

잠자코 서서 구름 같은 말들의 어깨 위에서

빛나는 마차를*** 흔드는 새벽처럼,

나는 새벽처럼 무심하고 아무렇게나 살고 싶어,

지식이란 티끌보다 가치가 없는 것이니.

* 늙은 여왕: 아일랜드 신화에 나오는 여왕 라이븐 바카. 옷핀으로 궁터를 표시하여 궁전을 짓게 했다고 한다.
** 별자리 판을 가지고 계산을 하는: 천문학과 점성술이 발달했던 바빌론에 관한 언급
*** 빛나는 마차: 그리스신화에 나오는 태양신 포이보스의 태양 마차

Memory

One had a lovely face,

And two or three had charm,

But charm and face were in vain

Because the mountain grass

Cannot but keep the form

Where the mountain hare has lain.

추억

어떤 이는 얼굴이 예쁘고
또 몇몇은 매력이 있었지만,
매력도 예쁜 얼굴도 모두 헛된 것.
산의 풀밭은
산토끼가 누웠던 흔적을
고스란히 간직하는 법이니.

The Balloon of the Mind

Hands, do what you're bid:
Bring the balloon of the mind
That bellies and drags in the wind
Into its narrow shed.

마음의 풍선

나의 두 손아, 명령을 따르라.
바람을 받고 부풀어 끌려 가는
마음의 풍선을
좁은 헛간에 쑤셔 넣어라. *

* 예이츠가 자신의 어린 시절을 회상하는 글에 이와 유사한 이미지가 나온다:
"내 생각들은 아주 고조되어 있었지만 그것들로 뭔가를 하려고 하면 마치 강
풍이 부는 가운데 풍선을 헛간에 집어넣으려고 애쓰는 꼴이었다"(『윌리엄 버틀
러 예이츠 자서전』, 이철 옮김, 한국문화사, 2018, 53쪽); 원문: *Autobiographies:
Reveries over Childhood and Youth and The Trembling of the Veil* (London:
Macmillan, 1926, p.50).

On Being Asked for a War Poem

I think it better that in times like these
A poet's mouth be silent, for in truth
We have no gift to set a statesman right;
He has had enough of meddling who can please
A young girl in the indolence of her youth,
Or an old man upon a winter's night.

전쟁시를 써달라는 청탁을 받고

이런 시대에는 시인이 입을 다물고 조용히 있는 게
낫다는 생각이 든다. 사실 우리 시인들은
정치가를 바르게 만들 재주가 없으니까.
시인은 젊음을 마음대로 즐기는 처녀나
겨울밤을 외로이 보내는 늙은이를 기쁘게 하면서
세상일에 이미 충분히 끼어들어 왔으니.

Another Song of a Fool

This great purple butterfly,
In the prison of my hands,
Has a learning in his eye
Not a poor fool understands.

Once he lived a schoolmaster
With a stark, denying look;
A string of scholars went in fear
Of his great birch and his great book.

Like the clangour of a bell,
Sweet and harsh, harsh and sweet.
That is how he learnt so well
To take the roses for his meat.

바보의 또 다른 노래

내 손에 포로로 잡힌
이 커다란 자주색 나비는
가련한 바보가 이해 못 할
학식을 눈에 담고 있네.

한때 그 나비는 거부하는 듯한 단호한 표정을 지닌
학교 선생의 삶을 살았고
줄지어 모인 제자들은 그의 큰 자작나무 회초리와
커다란 책을 두려워했네.

울리는 종소리처럼 그는
다정하면서도 엄격하고, 엄격하면서도 다정했지.
이렇게 해서 그는 학식을 높이 쌓아
장미꽃을 음식으로 먹게 되었다네.

Easter 1916

I have met them at close of day

Coming with vivid faces

From counter or desk among grey

Eighteenth-century houses.

I have passed with a nod of the head

Or polite meaningless words,

Or have lingered awhile and said

Polite meaningless words,

And thought before I had done

Of a mocking tale or a gibe ▸▸

1916년 부활절*

내가 그들을** 만난 것은 해 질 무렵,

그들은 계산대나 책상을 벗어나

18세기풍 회색 집들 사이에서

생기 도는 얼굴로 나타났다.

나는 고개를 끄덕이거나

공손하지만 의미 없는 말로 인사를 하며 지나치거나,

잠시 머뭇거리면서

공손하지만 의미 없는 말을 건네다가

인사가 채 끝나기도 전에,

시인 모임방 난롯가에 앉아 있는 ▸▸

- 「1916년 부활절」: 아일랜드는 1922년 자치정부를 수립하고 그 후 영국으로부
  터 완전히 독립하기까지 약 700년 동안 영국의 지배하에 있었다. 아일랜드 독
  립을 위한 투쟁은 역사적으로 끊임없이 이어졌는데, 그 가운데 20세기에 들어
  와 일어났던 격렬한 독립투쟁 중 하나가 1916년 4월 부활절 주간에 일어난 무
  장봉기였다. 아일랜드 민족주의자들은 더블린의 중앙우체국을 점거하고 영
  국으로부터의 독립을 선언하며 저항했지만 일주일 만에 영국 정부에 의해 무
  력 진압을 당했다. 영국은 당시 제1차 세계대전에 참전 중이었으므로 이 투쟁
  에 참가한 독립운동가들에게 전시군사법을 적용하여 5월까지 차례로 총살했
  다. 이 시에 나오는 피어스, 맥도나, 맥브라이드, 코널리 등은 모두 처형된 독립
  운동가들이다. 이 시는 이 부활절봉기를 보는 예이츠의 복합적인 태도를 보여
  주는 작품이다.
- 그들: 부활절봉기를 일으킨 아일랜드 독립운동가들

To please a companion

Around the fire at the club,

Being certain that they and I

But lived where motley is worn:

All changed, changed utterly:

A terrible beauty is born.

That woman's days were spent

In ignorant good-will,

Her nights in argument

Until her voice grew shrill.

What voice more sweet than hers

When, young and beautiful,

She rode to harriers?

This man had kept a school ▸▸

어떤 친구를 즐겁게 해줄 수 있는
조롱거리나 농담거리를 생각했다.
그들이나 나나 어릿광대 옷을 입고
살 수 밖에 없다고 확신했으므로.
모든 것이 달라졌다, 완전히 달라졌다.
끔찍한 아름다움이 탄생했다.

그녀는 $^{\bullet}$ 낮 시간을
무지한 선의(善意) 속에서 보냈고
밤 시간을 논쟁으로 지새워
결국 목소리가 날카롭게 변했다.
그녀가 사냥개를 몰고 말을 달렸던
젊고 아름다웠던 시절,
그녀의 그 목소리보다 더 아름다운 소리가 세상에 있었을까?
이 남자는 $^{\bullet\bullet}$ 학교를 경영했고 ▸▸

- 그녀: 독립운동가 마키에비치 백작부인(1868~1927)
- 이 남자: 부활절봉기의 핵심적 지도자였던 독립운동가 패트릭 피어스(1879~ 1916)

And rode our wingèd horse;
This other his helper and friend
Was coming into his force;
He might have won fame in the end,
So sensitive his nature seemed,
So daring and sweet his thought.
This other man I had dreamed
A drunken, vainglorious lout.
He had done most bitter wrong
To some who are near my heart,
Yet I number him in the song;
He, too, has resigned his part
In the casual comedy; ▸▸

나처럼 날개 달린 말을* 탔다.
또 한 사람은 그의 협력자이자 친구로서**
전성기를 눈앞에 두고 있었다.
그는 결국 명성을 얻었을지도 모른다,
천성이 아주 예민하고
생각이 아주 대담하고 아름다웠으므로.
또 다른 이 사람을*** 나는
술주정뱅이, 허풍쟁이 얼간이라고 생각했었다.
그는 내 마음 가까이 있는 사람들에게
아주 몹쓸 잘못을 저질렀지만
나는 그 또한 내 시 속에 넣는다.
그도 이 일상적인 희극에서
자신이 맡았던 역을 던져버렸다.   ▸▸

* 날개 달린 말: 시신(詩神) 뮤즈들이 타고 다니는 페가수스. 피어스도 예이츠와 마찬가지로 시인이었다.
** 또 한 사람은 그의 협력자이자 친구: 시인이며 극작가였던 독립운동가 토머스 맥도나(1878~1916)
*** 또 다른 이 사람: 모드 곤의 남편이었던 독립운동가 존 맥브라이드 소령(1868~1916). 음주벽과 폭행 등으로 이미 오래전에 모드 곤과 별거 상태에 있었다.

He, too, has been changed in his turn,
Transformed utterly:
A terrible beauty is born.

Hearts with one purpose alone
Through summer and winter seem
Enchanted to a stone
To trouble the living stream.
The horse that comes from the road,
The rider, the birds that range
From cloud to tumbling cloud,
Minute by minute they change;
A shadow of cloud on the stream
Changes minute by minute;
A horse-hoof slides on the brim,
And a horse plashes within it;
The long-legged moor-hens dive
And hens to moor-cocks call;
Minute by minute they live: ▸▸

그도 역시 자기 차례가 되자 달라졌다.
완전히 달라졌다.
끔찍한 아름다움이 탄생했다.

여름이나 겨울이나 사시사철
오로지 하나의 목적만을 좇는 사람들의 마음은
살아 있는 시냇물에 파란을 일으키는
돌멩이가 된 것만 같다.
길에서 오는 말도, 말을 탄 사람도,
떠도는 구름 사이를
날아다니는 새들도
시시각각 변한다.
시냇물에 비치는 구름의 그림자도
시시각각 변한다.
말발굽이 물가에서 미끄러져
말이 물속에서 철벅거린다.
긴 다리의 쇠물닭 암컷들이 물에 뛰어들며
수컷들을 부른다.
시시각각 그것들은 살아 있다. ▸▸

The stone's in the midst of all.

Too long a sacrifice
Can make a stone of the heart.
O when may it suffice?
That is Heaven's part, our part
To murmur name upon name,
As a mother names her child
When sleep at last has come
On limbs that had run wild.
What is it but nightfall?
No, no, not night but death;
Was it needless death after all?
For England may keep faith
For all that is done and said.
We know their dream; enough
To know they dreamed and are dead;
And what if excess of love
Bewildered them till they died? ▸▸

그 모든 것들 가운데에 돌멩이가 있다.

너무나 오랜 희생은
심장을 돌멩이로 만들 수도 있다.
오, 언제쯤 그것은 족할까?
그것은 하늘이 결정할 일. 우리가 할 일은
그들의 이름을 하나씩 불러주는 것뿐,
거칠게 뛰놀던 아이의 몸에
마침내 잠이 찾아왔을 때
엄마가 아이의 이름을 부르듯이.
밤이 온 것이 아니면 무엇인가?
아니, 아니다, 밤이 아니라 죽음이다.
그것은 결국 쓸모없는 죽음이었나?
무슨 일이 있었고 무슨 말이 있었건 간에
영국은 약속을 지킬 수도 있었으니까.
우리는 그들의 꿈을 알고 있다. 그들이
꿈을 꾸었고 지금은 죽었다는 것을 아는 것만으로 충분하다.
지나친 조국애가 그들을 죽음에 이르도록
혼란스럽게 만들었다면 어쩌겠는가? ▸▸

I write it out in a verse —
MacDonagh and MacBride
And Connolly and Pearse
Now and in time to be,
Wherever green is worn,
Are changed, changed utterly:
A terrible beauty is born.

나는 그것을 한 편의 시로 쓴다.
맥도나와 맥브라이드
코널리*와 피어스는
현재와 다가올 미래에도,
초록 옷을 입은 곳 어디서나
달라졌다, 완전히 달라졌다.
끔찍한 아름다움이 탄생했다.

* 코널리: 노동조합 운동을 했던 독립운동가 제임스 코널리(1870~1916)

A mediation in Time of War

For one throb of the artery,
While on that old grey stone I sat
Under the old wind-broken tree,
I knew that One is animate
Mankind inanimate phantasy.

전쟁 중의 명상

맥박이 한 번 뛰는 그 짧은 순간,
바람에 부러진 고목 아래
오래된 잿빛 바위에 앉아
나는 느꼈다, 절대자는 살아 있고
인간은 생기 없는 환상이라는 것을.

The Wheel

Through winter-time we call on spring,
And through the spring on summer call,
And when abounding hedges ring
Declare that winter's best of all;
And after that there's nothing good
Because the spring-time has not come —
Nor know that what disturbs our blood
Is but its longing for the tomb.

수레바퀴

겨울 내내 우리는 봄을 기다리고
봄 내내 여름을 기다리며
무성한 울타리가 요란한 소리를 내면
겨울이 제일 좋다고 말한다.
그러고 나면 좋은 것은 없다,
봄은 다시 오지 않으니까—
또한 피를 요동치게 하는 것은
무덤을 향한 갈망뿐이라는 것을 우리는 알지 못한다.

Youth and Age

Much did I rage when young,
Being by the world oppressed,
But now with flattering tongue
It speeds the parting guest.

청년과 노년

젊은 시절에 나는 세상에 억눌려
울분을 많이 터뜨렸다.
그러나 이제는 세상이 입에 발린 말로
떠나는 길손의* 걸음을 재촉하는구나.

* 길손: 죽음을 앞둔 노년의 시인 자신

The New Faces

If you, that have grown old, were the first dead,
Neither catalpa tree nor scented lime
Should hear my living feet, nor would I tread
Where we wrought that shall break the teeth of Time.
Let the new faces play what tricks they will
In the old rooms; night can outbalance day,
Our shadows rove the garden gravel still,
The living seem more shadowy than they.

새로운 얼굴들

늙어버린 당신이* 먼저 죽으면,

개오동나무도 향기로운 라임나무도

나의 생생한 발걸음 소리를 듣지 못할 것이며, 나 또한

우리가 시간의 이빨을 부서뜨리려 애썼던 곳도 걷지 않을 것
입니다.

새로운 얼굴들이 저 오래된 방에서 멋대로 놀도록

내버려둡시다. 밤이 낮을 이길 수도 있으니

우리의 그림자는 아직도 정원의 돌길을 떠돌고 있고,

살아 있는 사람들이 우리의 그림자보다 더 어두워 보입니다.

* 당신: 예이츠와 함께 켈트 민담을 수집하기도 하고 애비극장을 설립하여 아일
랜드 문예부흥운동을 주도했던 극작가 그레고리 여사(1852~1932)

Among School Children

1

I walk through the long schoolroom questioning;
A kind old nun in a white hood replies;
The children learn to cipher and to sing,
To study reading-books and history,
To cut and sew, be neat in everything
In the best modern way — the children's eyes
In momentary wonder stare upon
A sixty-year-old smiling public man.

2

I dream of a Ledaean body, bent
Above a sinking fire, a tale that she ▸▸

초등학생들 사이에서*

1

나는 긴 교실을 질문을 하면서 걷는다.

흰 후드를 쓴 상냥한 늙은 수녀가 대답한다.

아이들은 셈법과 노래를 배우고,

독서와 역사 공부도 하고,

재단과 바느질도 배운다, 모든 면에서 신식으로

최고로 깔끔하도록 — 아이들은 잠시

놀란 눈으로 응시한다,

미소를 머금은 나이 육십 된 공직자를.**

2

나는 마음속으로 그려본다, 꺼져가는 벽난로 불 위로 몸을 구부린

레다를 닮은 한 모습을,*** 그녀가 들려준 ▸▸

- 「초등학생들 사이에서」: 1926년 2월, 예이츠가 나이 61세에 아일랜드 자치정부 상원의원으로서 워터포드에 있는 초등학교를 시찰했을 때 쓴 시
- ·· 나이 육십 된 공직자: 예이츠 자신
- ··· 레다를 닮은 한 모습: 모드 곤. 예이츠의 많은 시에서 모드 곤은 그리스신화에 나오는 백조로 변신한 제우스와 스파르타의 왕비 레다 사이에서 태어난 헬렌으로 흔히 비유된다.

Told of a harsh reproof, or trivial event
That changed some childish day to tragedy —
Told, and it seemed that our two natures blent
Into a sphere from youthful sympathy,
Or else, to alter Plato's parable,
Into the yolk and white of the one shell.

3

And thinking of that fit of grief or rage
I look upon one child or t'other there
And wonder if she stood so at that age —
For even daughters of the swan can share
Something of every paddler's heritage —
And had that colour upon cheek or hair, ▸▸

심한 꾸중 들은 이야기, 혹은 유년의 어떤 날을
비극으로 만든 사소한 사건을—
이야기를 듣고서, 우리 두 사람의 마음은 합쳐져
젊은이다운 공감 속에서 하나의 공이 되는 것 같았다.
플라톤의 비유를 좀 바꾸어 말한다면,
한 계란 속의 노른자와 흰자로 바뀌는 것 같았다.•

                    3
그때 설움과 분노가 복받치던 것을 생각하면서
나는 아이들을 차례로 살펴본다.
그녀도•• 저 나이 땐 저랬으려니—
백조의 딸들도 모든 물새의 특성을
어느 정도는 갖고 타고나는 것이니까—
뺨이나 머리칼도 저 색깔이었겠지.   ▸▸

•   플라톤의 비유, 노른자와 흰자: 플라톤의 『향연』에 나오는 남녀 간의 사랑의
     기원과 관련된 우화. 인간은 원래 네 다리와 네 팔을 가진 자웅동체의 존재였
     으나 신이 머리카락 한 올로 삶은 달걀을 자르듯 남녀로 나누어 놓았다고 한
     다. 따라서 사랑은 잃어버린 반쪽을 찾으려는 마음이라는 것이다.
••   그녀: 모드 곤

And thereupon my heart is driven wild:
She stands before me as a living child.

4

Her present image floats into the mind —
Did Quattrocento finger fashion it
Hollow of cheek as though it drank the wind
And took a mess of shadows for its meat?
And I though never of Ledaean kind
Had pretty plumage once — enough of that,
Better to smile on all that smile, and show
There is a comfortable kind of old scarecrow. ›

그러자 내 마음은 미칠 듯 했다.

살아 있는 아이로 그녀가 내 앞에 서 있는 게 아닌가.

4

그녀의 현재 모습이 마음속에 떠오른다—

15세기 화가의 손가락이 그런 모습을 만들었는가?

마치 바람을 마시고, 고기 대신 그림자를 먹은 듯

홀쭉한 두 뺨을. •

내 비록 레다 족속은 아니지만

한때는 멋진 깃털이 있었지—자 이만하자.

미소 짓는 모든 이에게 미소를 건네고

마음 편한 늙은 허수아비가 있음을 보여줌이 좋겠다. ▸

• 　홀쭉한 두 뺨: 예이츠가 이 시를 쓸 당시 모드 곤은 매우 여위었다고 한다.

What youthful mother, a shape upon her lap

Honey of generation had betrayed,

And that must sleep, shriek, struggle to escape

As recollection or the drug decide,

Would think her son, did she but see that shape

With sixty or more winters on its head,

A compensation for the pang of his birth,

Or the uncertainty of his setting forth? ▸

5

어떤 젊은 어머니가, 꿀맛 성행위가 낳도록 만든,

전생의 기억이 이기든가 망각의 약기운이 이겨

잠들거나 비명 지르거나 도망가려고 몸부림치는*

어린 것을 무릎 위에 놓고서,

그 아들이 머리 위에

육십여 성상(星霜)을 이고 있는 것을 본다면,

그 아들이 자신의 산고 혹은 아들의 불안한 출발에 대한

보상이라고 어찌 생각하겠는가? ▸

- 전생의 기억이 이기든가 망각의 약기운이 이겨/ 잠들거나 비명 지르거나 도망 가려고 몸부림치는: 인간은 태어나면서 전생의 기억을 잃어버린다고 한다. 태 어날 때 전생의 기억이 남아 있으면 태어나지 않으려고 비명을 지르고 도망가 며, 생식 행위가 주는 쾌락이 강하면 전생의 기억을 잊고 인간으로 태어난다 고 하는 신플라톤학파 철학자 포피리의 글 「님프의 동굴」에 나오는 얘기에 대 한 언급이다.

6

Plato thought nature but a spume that plays

Upon a ghostly paradigm of things;

Solider Aristotle played the taws

Upon the bottom of a king of kings;

World-famous golden-thighed Pythagoras

Fingered upon a fiddle-stick or strings

What a star sang and careless Muses heard:

Old clothes upon old sticks to scare a bird. ›

6

플라톤은 자연을 만물의 영적 본질 위에 어른거리는
거품에 지나지 않는다고 생각했다.*
더 견실한 아리스토텔레스는
왕중왕의 엉덩이에 매질을 했다.**
황금 허벅지로 전 세계에 알려진 피타고라스는***
별들이 노래하면 시신(詩神)들이 무심히 들었던 곡을
깽깽이 활과 현에 손가락으로 켰다.
낡은 막대기에 낡은 옷가지 걸치고 새를 좇는 이 꼴. ▸

* 플라톤, 거품: 플라톤은 물질세계란 본질적 세계인 이데아의 그림자에 지나지
않는다고 주장했다.
** 더 견실한 아리스토텔레스, 왕중왕: 플라톤의 제자인 아리스토텔레스는 스승
과는 달리 일원론을 주장하여 물질세계가 바로 본질적인 세계라고 주장했다.
더 '견실하다'는 것은 현실이 단지 그림자가 아니라는 것이다. 여기에서 '왕중
왕'은 알렉산더 대왕으로서, 아리스토텔레스는 알렉산더의 스승이었다.
*** 황금 허벅지, 피타고라스: 피타고라스는 황금 허벅지를 가졌다고 전해진다.
피타고라스는 수(數)가 만물의 본질이라고 주장했다. 그는 수에 바탕을 둔 음
악에 의해 이 우주가 운행이 되며, 영혼은 윤회한다는 주장을 했다.

7

Both nuns and mothers worship images,
But those the candles light are not as those
That animate a mother's reveries,
But keep a marble or bronze repose.
And yet they too break hearts — O Presences
That passion, piety or affection knows,
And that all heavenly glory symbolise —
O self-born mockers of man's enterprise;

8

Labor is blossoming or dancing where
The body is not bruised to pleasure soul,
Nor beauty born out of its own despair,
Nor blear-eyed wisdom out of midnight oil. ▸▸

7

수녀도 어머니도 이미지를 숭배한다.
그러나 촛불이 밝히는 이미지들은
어머니의 환상을 일으키는 것들이 아니라
대리석이나 청동의 고요함을 갖고 있을 뿐.
그러나 그들도 마음을 아프게 한다 — 오, 실재(實在)들이여,
정열, 경건 혹은 모정(母情)이* 알고 있는,
그리고 모든 천상(天上)의 영광을 상징하는
스스로 태어나 인간의 시도를 비웃는 자들이여.

8

육체가 영혼을 즐겁게 하기 위해 상처받지 않는 곳,
아름다움이 그 자체의 절망에서 생겨나지 않는 곳,
지혜가 눈이 침침해지는 밤샘 공부에서 나오지 않는 곳에서
인간의 활동은 꽃피고 춤춘다, ▸▸

• 정열, 경건, 모정: 각각 사랑하는 남녀, 수녀, 어머니가 가진 감정들을 가리킨
다.

O chestnut tree, great-rooted blossomer,

Are you the leaf, the blossom, or the bole?

O body swayed to music, O brightening glance,

How can we know the dancer from the dance?

오, 밤나무여, 거대한 뿌리를 박고 꽃을 피우는 자여,
그대는 잎인가, 꽃인가, 아니면 줄기인가?
오, 음악에 맞추어 흔들리는 육체여, 빛나는 눈길이여,
어떻게 우리가 춤과 춤꾼을 구별할 수 있겠는가?

The Fool by the Roadside

When all works that have

From cradle run to grave

From grave to cradle run instead;

When thoughts that a fool

Has wound upon a spool

Are but loose thread, are but loose thread;

When cradle and spool are past

And I mere shade at last

Coagulate of stuff

Transparent like the wind,

I think that I may find

A faithful love, a faithful love.

길가의 바보

요람에서 무덤까지
내가 행했던 모든 일들이
반대로 무덤에서 요람으로 돌아갈 때면,
바보가 실패에
둘둘 감았던 생각들이
실처럼 모두 풀어질 때면, 모두 풀어질 때면,

요람과 실패의 단계는 모두 지나고
내가 마침내 바람처럼 투명한
존재로 변하여
한낱 그림자가 될 때면,
나는 진실한 사랑을, 진실한 사랑을
비로소 찾을 수 있을 것 같다.

Death

Nor dread nor hope attend
A dying animal;
A man awaits his end
Dreading and hoping all;
Many times he died,
Many times rose again.
A great man in his pride
Confronting murderous men
Casts derision upon
Supersession of breath;
He knows death to the bone —
Man has created death.

죽음

죽어가는 동물에게는
두려움도 희망도 없지만
인간은 모든 것을 두려워하고 희망하면서
자신의 종말을 기다린다.
인간은 여러 번 죽고
여러 번 다시 태어났다.
긍지를 가진 한 위인이*
목을 따려는
자객들에 맞서서
조소를 던진다.
위인은 죽음의 실체를 잘 알고 있다,
죽음은 인간이 만든 것이라는 사실을.

* 긍지를 가진 한 위인: 아일랜드공화국 부통령이며 법무장관이었던 케빈 오히
긴즈(1892~1927). 이 작품은 암살자들 앞에서 당당했던 오히긴즈의 죽음을 소
재로 한 시로서, 예이츠의 윤회사상이 잘 나타나 있다.

Spilt Milk

We that have done and thought,
That have thought and done,
Must ramble, and thin out
Like milk spilt on a stone.

엎질러진 우유

행동한 후 생각하거나
생각한 후 행동해 온 우리 인생은
이리저리 헤매다가, 바위 위에 엎질러진
우유처럼 엷게 퍼지며 사라지는 것.

Her Anxiety

Earth in beauty dressed
Awaits returning spring.
All true love must die,
Alter at the best
Into some lesser thing.
Prove that I lie.

Such body lovers have,
Such exacting breath,
That they touch or sigh.
Every touch they give,
Love is nearer death.
Prove that I lie.

여자의 근심

아름답게 치장한 대지가
돌아오는 봄을 기다리네.
진실한 사랑은 모두 죽거나,
최상의 상태에서
그보다 못한 것으로 변할 수밖에 없다네.
내 말은 거짓이 아니야.

사랑하는 사람들은
서로 만지거나 한숨 쉬거나 하는
그런 몸뚱이, 그런 가쁜 숨을 갖고 있지.
서로 만질 때마다
그들의 사랑은 죽음에 더 가까이 간다네.
내 말은 거짓이 아니야.

His Confidence

Undying love to buy
I wrote upon
The corners of this eye
All wrongs done.
What payment were enough
For undying love?

I broke my heart in two
So hard I struck.
What matter? for I know
That out of rock,
Out of a desolate source,
Love leaps upon its course.

남자의 확신

불멸의 사랑을 사기 위해 나는
내 눈 가장자리에
그동안 행한 악행을
모조리 적었네.
불멸의 사랑을 얻기 위해
얼마만큼의 대가를 치러야 할까?

내 심장이 둘로 쪼개지도록 나는
그렇게 세게 쳤네.
왜냐고? 나는 알고 있기 때문이지,
사랑은 바윗덩어리에서,
메마른 샘에서,
솟아 나와 흐른다는 걸.

Father and Child

She hears me strike the board and say
That she is under ban
Of all good men and women,
Being mentioned with a man
That has the worst of all bad names;
And thereupon replies
That his hair is beautiful,
Cold as the March wind his eyes.

아버지와 자식

나는 딸이 들으라고 책상을 내리치며 말한다,
착한 사람들이 죄다
딸을 욕한다고,
평판이 제일 안 좋은 녀석과 함께
사람들의 입에 오르내리다 보니.
그러자 딸이 대꾸한다,
녀석은 머리카락도 멋있고
두 눈도 삼월 바람처럼 시원스럽게 생겼다고.

Parting

He. Dear, I must be gone
    While night shuts the eyes
    Of the household spies;
    That song announces dawn.

She. No, night's bird and love's
    Bids all true lovers rest,
    While his loud song reproves
    The murderous stealth of day.

He. Daylight already flies
    From mountain crest to crest

She. That light is from the moon.

He. That bird⋯ ▸

작별

남자: 그대여, 난 가야 합니다
　　　밤이 우리의 사랑을 몰래 엿보는
　　　집안사람들의 눈을 가리고 있는 동안에.
　　　저 새의 노랫소리는 새벽이 왔다는 걸 알리고 있어요.

여자: 아니에요, 밤에 우는 새, 사랑의 새는
　　　모든 진실한 연인들에게 잘 쉬라 하고,
　　　아침이 잔인하게 슬그머니 다가오는 걸
　　　목청을 높여 꾸짖지요.

남자: 이 산마루 저 산마루엔 벌써
　　　동이 트고 있어요.

여자: 저 빛은 달빛이에요.

남자: 그럼 저 새는요… ▸

She. Let him sing on,

    I offer to love's play

    My dark declivities.

여자: 새는 울도록 내버려둬요.

　　　나는 내 어두운 내리막길 인생을

　　　사랑의 유희에 던질 테니까요.

A Last Confession

What lively lad most pleasured me
Of all that with me lay?
I answer that I gave my soul
And loved in misery,
But had great pleasure with a lad
That I loved bodily.

Flinging from his arms I laughed
To think his passion such
He fancied that I gave a soul
Did but our bodies touch,
And laughed upon his breast to think
Beast gave beast as much.

I gave what other women gave
That stepped out of their clothes.
But when this soul, its body off,
Naked to naked goes, ▸▸

마지막 고백

나와 잠자리를 같이 한 남자들 중에서
힘 좋은 젊은 남자가 내게 준 즐거움은 무엇이었을까요?
내 대답은 이렇지요. 내가 영혼을 다 바쳐
사랑했을 때는 비참했지만,
육체적으로 사랑한 남자에게서는
엄청난 쾌락을 느꼈다고.

그 남자의 품을 벗어날 때 나는 웃음이 나왔지요,
그는 자신의 사랑이 그렇게 뜨거우니까
우리가 육체적으로 사랑을 하면
내가 영혼을 다 바쳐 그를 사랑한다고 착각했을 거라고 생각
하니.
그의 가슴에 누워 있을 때 웃음이 나왔지요,
짐승들끼리도 그 정도의 사랑은 한다고 생각하니.

내가 준 것은 다른 여자들이
옷을 홀랑 벗고 준 것과 다를 바 없어요.
그러나 내 영혼이 육신의 옷을 벗고
진짜 알몸이 되어 진짜 알몸인 남자에게 간다면 ▸▸

He it has found shall find therein
What none other knows,

And give his own and take his own
And rule in his own right;
And though it loved in misery
Close and cling so tight,
There's not a bird of day that dare
Extinguish that delight.

내 영혼이 찾아낸 그 남자는
어느 누구도 알지 못하는 사랑을 발견하게 되겠지요.

또한 줄 것은 주고, 받을 것은 받으며,
당당히 사랑을 지켜나가겠지요.
그래서 과거엔 그렇게 둘이 꼭 붙어
사랑하면서도 비참했지만,
이제는 감히 그 즐거움을 깨뜨릴
아침을 깨우는 새 한 마리도 없게 되는 것이지요.

The Four Ages of Man

He with body waged a fight,
But body won; it walks upright.

Then he struggled with the heart;
Innocence and peace depart.

Then he struggled with the mind;
His proud heart he left behind.

Now his wars on God begin;
At stroke of midnight God shall win.

인생의 시기 4단계*

그는 몸과 싸웠다.
몸이 싸움에 이겨 꼿꼿이 서서 걷는다.

그다음에 그는 심장과 싸웠다.
순수함과 평안이 떠난다.

그다음에 그는 정신과 싸웠다.
그는 마음의 긍지를 내버렸다

이제 그는 하느님과의 싸움을 시작한다.
자정의 종이 울릴 때쯤엔 하느님이 이길 것이다.

* 「인생의 시기 4단계」: 인간의 유년, 청년, 성년, 노년 시기는 각각 몸, 사랑, 지성, 영혼이 싸움의 대상이 된다는 것

A Needle's Eye

All the stream that's roaring by
Came out of a needle's eye;
Things unborn, things that are gone,
From needle's eye still goad it on.

바늘구멍

우렁차게 흘러가고 있는 물결은 모두
하나의 바늘구멍에서 흘러나온 것.
아직 태어나지 않는 것들이나 이미 사라진 것들은
여전히 바늘구멍에서 그 흐름을 재촉하고 있다.

The Lady's First Song

I turn round
Like a dumb beast in a show.
Neither know what I am
Nor where I go,
My language beaten
Into one name;
I am in love
And that is my shame.
What hurts the soul
My soul adores,
No better than a beast
Upon all fours.

여인의 첫 번째 노래

나는 빙빙 맴돌고 있네,
쇼에 나온 말 못 하는 짐승처럼.
나는 내가 어떤 존재인지도
어디로 가는지도 모르네.
나의 언어는 단 하나의 이름으로
압축된다네.
나는 사랑에 빠져 있는데
그 사실이 부끄럽네.
영혼을 해치는 것을
도리어 내 영혼이 흠모하니,
네 발로 기는 짐승보다
나을 것이 없네.

In Tara's Halls

A man I praise that once in Tara's Halls
Said to the woman on his knees, 'Lie still.
My hundredth year is at an end. I think
That something is about to happen, I think
That the adventure of old age begins.
To many women I have said, "Lie still,"
And given everything a woman needs,
A roof, good clothes, passion, love perhaps,
But never asked for love; should I ask that,
I shall be old indeed.'
                              Thereon the man
Went to the Sacred House and stood between
The golden plough and harrow and spoke aloud
That all attendants and the casual crowd might hear.
'God I have loved, but should I ask return ▸▸

타라의˙ 궁전에서

내가 감탄하는 남자는 한때 타라의 궁전에서

여자를 무릎을 안고 이렇게 말했다. "가만히 누워 있거라,

내 나이가 백 살 막바지에 이르렀다. 뭔가

일어날 것 같다는 생각이, 내게

노년의 모험이 시작된다는 생각이 든다.

수많은 여자에게 나는 말해왔다. '가만히 누워 있거라.'

그러고는 원하는 것은 무엇이든 다 주었다.

집과 좋은 옷, 열정, 그리고 아마 사랑까지도.

그러나 사랑을 요구한 적은 절대 없었다. 만일 사랑을 요구했

다면

정말 나는 늙은 거겠지."

　　　　　　　그러고 나서 그 남자는

신전으로 가서 황금 쟁기와 황금 써레 사이에 서서

모든 신하와 우연히 모여든 백성들이 들도록

큰 소리로 말했다.

"나는 하느님을 사랑했지만, 만일 내가 하느님과 여자에게　▸▸

•　타라: 아일랜드의 고대 왕궁터

117

Of God or woman, the time were come to die.'
He bade, his hundred and first year at end,
Diggers and carpenters make grave and coffin;
Saw that the grave was deep, the coffin sound,
Summoned the generations of his house,
Lay in the coffin, stopped his breath and died.

대가를 요구한다면, 그건 내가 죽을 때가 다 되었다는 뜻이다."

그는 나이가 백 한 살 막바지에 이르렀을 때

묘 파는 사람들과 목수들에게 묘와 관을 만들라고 명령을 내리고

묘 구덩이가 깊이 파이고, 관이 제대로 만들어진 것을 보고

식솔들을 전부 불러 모으고는

관에 들어가 누워 숨을 멈추고 죽었다.

Politics

"In Our Time The Destiny Of Man Presents Its Meanings In
Political Terms."   — Thomas Mann

How can I, that girl standing there,

My attention fix

On Roman or on Russian

Or on Spanish politics?

Yet here's a travelled man that knows

What he talks about,

And there's a politician

That has read and thought,

And maybe what they say is true

Of war and war's alarms,

But O that I were young again

And held her in my arms!

정치

"우리 시대 인간의 운명은 정치적 관점에서 그 의미를 표현한다."
— 토머스 만

여자가 눈앞에 서 있는데
어떻게 내가
로마나 러시아 혹은 스페인 정치에
관심을 집중할 수 있겠는가?
그래도 세상엔 자신이 무슨 말을 하는지 잘 알고 있는
식견이 넓은 사람도 있고
책을 많이 읽고 깊이 생각하는
정치가도 있지.
그리고 그들이 전쟁에 대해 말하는 것이나
경고하는 것이 사실일 수도 있지만
그러나, 아, 내가 다시 젊어져서
저 여자를 품에 안아보았으면!

해설

마지막 낭만주의자, 윌리엄 버틀러 예이츠

이 철

1. 성장기

문학작품을 작가의 생애나 시대적 환경을 중심으로 해석하는 것은 '현대적'이지 못한 낡은 비평 방법이라고 여기는 경향이 있다. 1930년 대 이후 등장하여 현대 문학비평의 중심적 위치를 차지하게 된 '신비평' 은 문학작품의 해석은 오로지 텍스트의 면밀한 분석에 기초해야 한다 고 주장하고 작품 자체를 제외한 모든 정보를 '문학외적(文學外的)'인 것 으로 보고 배제하려고 했다. 그럼에도 불구하고 우리가 예이츠의 시를 이해하는 데 있어서 전기적(傳記的)인 정보는 매우 중요한 것으로 보인 다. 예이츠의 많은 시는 그의 생애와 경험, 그가 겪은 여러 사건들과 그 것들에 대한 자신의 생각을 비교적 투명하게 반영하고 있기 때문이다. 그런 점에서 그는 거의 같은 시대를 살았던 후배 시인 T. S 엘리엇과 흔 히 비교된다. 엘리엇은 작품에 자신의 삶의 자취가 묻어나지 않도록 극 도로 경계했던 시인이다. 엘리엇의 소위 '몰개성론(沒個性論)'은 시인 자 신이 작품으로부터 거리를 유지하려는 태도의 반영이다. 반면 예이츠 의 경우는 작품에 자신의 삶이 고스란히 드러나며, 그렇기 때문에 그는 엘리엇보다는 더 감성적인 시인이라고 할 수 있다. 엘리엇이 지적(知的)

인 고전주의자(古典主義者)로서의 면모를 보여주는 데 반해, 예이츠가 현대 시인이면서도 '마지막 낭만주의자'라고 불리는 것도 바로 이런 이유 때문이다.

예이츠는 1865년 더블린에서 화가 존 예이츠와 수전 예이츠의 장남으로 출생했다. 영국 본토가 아닌 아일랜드에서 태어난 예이츠의 문학은 본질적으로 켈트족 전통에 서 있다고 할 수 있다. 켈트족은 수많은 민담과 설화를 갖고 있는 다분히 예술적이고 문학적인 종족으로서, 예이츠의 작품 세계는 그런 배경에서 성장하게 된다.

예이츠의 아버지 존 버틀러 예이츠는 처음에는 변호사로서 개업을 했지만 곧 그 일을 그만두고 화가가 되었다. 주로 초상화를 그렸던 그는 자신의 작업에 대해서 굉장히 까다로운 기준을 갖고 있었기 때문에 작품을 쉽사리 완성하지 못했고, 그래서 늘 경제적으로 빈곤했다. 그러나 그의 문학적·예술적 소양은 아들 예이츠의 예술 세계에 큰 영향을 미쳤다. 예이츠의 어머니 수전 예이츠는 부잣집 딸로서 예이츠의 말에 따르면 자기 고향에서는 상당한 미녀로 알려졌다고 한다. 그런데 가난한 화가에게 시집와서 경제적으로 곤란을 겪으며 살다가 나중에 뇌졸중으로 죽는다.

예이츠의 할아버지 윌리엄 버틀러 예이츠는 예이츠가 사후에 묻히게 되는 벤불벤산이 보이는 교회의 교구목사였다. 예이츠의 동생 잭 버틀러 예이츠는 아버지처럼 화가였는데, 예이츠도 원래는 그림 공부를 했었고, 나중에 태어난 예이츠의 딸도 화가였던 점을 보면 예이츠의 집안은 대대로 그림에 소질이 있었던 것 같다. 잭 버틀러 예이츠의 〈리피강〉이라는 작품은 올림픽 메달을 받았다. 현대의 올림픽은 스포츠로 구성되어 있지만, 1912년부터 1948년까지의 하계올림픽에는 예술 분야들도 포함되어 있었다. 건축과 문학, 음악, 회화, 조각 등 5개 분야에서 스포츠와 관련된 주제를 다룬 작품에 메달을 수여하는 제도가 있었고, 잭 예이츠는 1924년 아일랜드인 최초로 메달(은메달)을 땄다. 예이츠에게는 릴리, 롤리라는 애칭으로 불리는 여동생들도 있었다.

예이츠의 외가 폴렉스펜 집안은 아일랜드 중서부 항구 슬라이고에서 선박 회사를 소유한 부유한 집이었다. 슬라이고 지방은 켈트족 민담과 영웅설화가 많이 서려 있는 곳이었다. 외할아버지는 선장 출신으로 신체가 강건하고 불같은 성격의 인물이었다. 예이츠는 어렸을 때 틈만 나면 외갓집에 가서 지냈고 또 한동안 거기서 살기도 했는데, 그래서 외가의 영향을 많이 받으면서 성장한 것으로 보인다. 외가에서 예이츠가 가장 친하게 지냈던 사람은 조지 폴렉스펜 외삼촌이었는데, 그는 평생 독신으로 살면서 예이츠의 영향으로 신비주의에 빠지게 되었다. 예이츠는 신비주의 단체로 외삼촌을 인도하고, 외삼촌과 함께 신비주의 현상에 관한 실험과 관찰을 하기도 했다.

예이츠가 2살 때 그의 집안은 런던으로 이사를 한다. 5살 때는 아일랜드로 돌아와 슬라이고 외가에서 살다가, 7살 때 다시 런던으로 돌아간다. 예이츠는 잉글랜드의 고돌핀 스쿨에 다녔지만, 방학 때면 슬라이고 외가에서 많은 시간을 보낸다. 1879년에 예이츠 집안은 런던에 있는 예술인촌 베드퍼드파크로 이사를 하고 2년 동안 살다가 1881년에는 더블린 외곽에 있는 호스라는 바닷가 마을로 이사를 한다. 이렇듯 영국계 아일랜드인이었던 예이츠는 성장기에 아일랜드와 영국에서 번갈아 살았고, 그래서 두 나라의 문화가 자연스럽게 몸에 배게 된다. 이것은 예이츠의 삶의 태도와 시적 성장에 많은 영향을 미치게 된다. 그는 아일랜드인으로서 켈트족 문화를 자신의 시적 토양으로 삼으면서도 영국의 문화를 동시에 포용하는 자세를 보여준다.

2. 예술의 지평을 넓히다

예이츠는 1882년경부터 시를 쓰기 시작했고, 1884년에는 더블린의 메트로폴리탄 미술학교에 등록하게 된다. 화가가 될 생각으로 정식으로 미술 공부를 시작한 것이다. 그는 이 학교에서 조지 러셀이라는 친구를 만나 그의 영향으로 동양의 신비사상에 관심을 갖게 된다. 1885년 예이츠가 스무 살 때 최초의 서정시들이 잡지에 실리게 된다. 이 무렵 그는 조지 러셀, 존스턴 등과 함께 '더블린연금술협회'를 창립하고 회장을 맡는다. 그는 또 당시에 '신지학회(神智學會)'의 창립을 도우러 영국에 온 인도의 철학자 모히니 채터지를 만난다. 신비주의에 대한 예이츠의 이런 관심은 그의 켈트 설화 및 민담에 대한 관심과 함께 예이츠의 시에 신비주의적 색채를 더해주는 역할을 한다.

이 무렵 예이츠는 또 캐슬린 타이넌, 더글라스 하이드, 존 올리어리 등을 만나게 된다. 예이츠가 스무 살 때 처음으로 만난 캐슬린 타이넌은 예이츠의 초기 작품 출판을 도와주었는데, 예이츠는 타이넌에게 끌려서 청혼을 한 적이 있는 것으로 알려져 있다. 예이츠가 이 당시에 만난 더글라스 하이드는 아일랜드의 고유어인 게일어의 부활을 위해서 헌신했던 인물이다. 게일어에 대한 관심은 게일어가 바탕이 된 켈트인들의 문화유산에 대한 관심, 그리고 아일랜드의 민족주의 운동으로 이어지게 된다. 하이드는 게일문화부흥운동을 이끈 '게일연맹'의 초대 회장으로서, 1938년부터 1945년까지 7년 동안 아일랜드 초대 대통령을 역임하기도 했다. 예이츠는 마침내 1882년 21살이 되자 전문적인 작가가 될 결심으로 미술 공부를 포기했다.

이 무렵 예이츠는 존 올리어리의 영향을 받아 아일랜드 민족주의에 눈뜨게 된다. 존 올리어리는 영국의 아일랜드 통치를 종식시키기 위해 1850년대에 미국과 아일랜드에서 결성된 단체인 '페니언단'의 지도자이며 문인이었다. 올리어리는 '아일랜드청년당'에 가입하여 활동하다가 투옥되고 석방된 후에 프랑스로 유배된다. 그는 귀국 후에 페니언 운동에 관여하며 ≪아일랜드민족≫이라는 잡지를 1863년부터 2년 동안 정간당할 때까지 발행했다. 예이츠에게 존 올리어리는 낭만적이고 문학적인 민족주의의 표상이었다.

22살 때 예이츠 집안은 다시 런던으로 이사를 한다. 이때 그는 당시에 런던을 방문한 헬레나 블라바츠키 여사와 맥그리거 매더스 등을 만난다. 블라바츠키는 러시아 출신으로서, 러시아에서 황제의 아들과 사랑에 빠졌다가 그 사랑이 좌절되자 분을 이기지 못하고 블라바츠키라는 늙은 장군과 결혼을 한다. 그녀는 결혼한 지 3개월 만에 집을 뛰쳐나와 이집트, 인도, 티베트 등 세계 곳곳을 유랑하면서 각국의 비밀종교를 흡수하고 그 경험을 토대로 자신의 신비주의 사상체계를 만든다. 세계적으로 유명한 영매이며 신비주의 사상가였던 그녀는 1875년 뉴욕에서 올코트 대령과 함께 '신지학회'를 창설하고 또 1884년에는 런던에 와서 그 런던지부를 만든다. 예이츠는 1888년에 그녀의 조카와 결혼한 옛 친구 찰스 존스턴의 소개장을 들고 가서 그녀를 만났다. 1885년에 영국 심리학회에서는 블라바츠키가 사기꾼이라는 결론을 내렸지만 그녀의 인기는 쉽게 사그라지지 않았다. 오늘날에도 세계 신지학회 회원들은 블라바츠키가 죽은 5월 8일을 기념하고 있는데, 토머스 에디슨도 신지학회의 회원이었던 것으로 알려져 있다. 예이츠는 20대 초반에 블라바츠키에게 큰 영향을 받았다. 맥그리거 매더스는 연금술 연구회인 '금빛새벽연금술교단'을 창설했던 인물로서 역시 예이츠의 신비사상에 큰 영향을 주었다.

1888년 23살 때 예이츠 집안은 예술인촌 베드퍼드파크로 다시 이사를 오게 된다. 이 무렵 그는 아일랜드 태생의 예술가들인 윌리엄 모리스와 버나드 쇼, 어니스트 헨리, 오스카 와일드 등을 만나며 이들과의 교

류를 통해서 자신의 예술 세계를 넓혀가게 된다. 윌리엄 모리스는 공예가이자 건축가로서 시와 소설을 쓰기도 했는데, 그는 특히 현대 공예디자인에 지대한 영향을 미쳤던 인물이다. 어니스트 헨리라는 인물은 영국 빅토리아 후기에 가장 영향력 있는 시인이며 비평가, 편집자였다고 할 수 있다. 오스카 와일드는 더블린 출신의 아일랜드 극작가였다. 그는 버나드 쇼와 함께 19세기 말 영국에서 가장 인기 있던 극작가였지만 동성애 문제로 몰락한 인물이다.

예이츠는 1889년 24살 때 첫 시집『어쉰의 방랑과 기타 시편』을 발표했다. 이해에 예이츠는 자신의 생애에 엄청난 영향을 미치게 되는 모드 곤이라는 여성을 처음 만나 사랑에 빠진다. 예이츠는 그녀의 첫인상을『윌리엄 버틀러 예이츠 자서전』에서 다음과 같이 기록하고 있다.

그날 그녀는 고전적인 봄의 화신처럼, '그녀는 여신처럼 걷네'라는 버질의 찬사가 오로지 그녀를 위해 만들어진 것처럼 보였다. 그녀의 얼굴은 꽃잎 사이로 빛이 쏟아져 들어오는 사과꽃처럼 빛났다. 가득 핀 꽃무리 옆에 그녀가 서 있는 것을 창문을 통해 보았던, 처음 만났던 그날이 나에게는 아직도 생생하다.

그녀에 대한 예이츠의 이룰 수 없는 사랑은 그의 많은 작품에 반영되어 있다. 이 선집에 실린 「그대가 늙었을 때」, 「죽는 꿈」, 「초등학생들 사이에서」 등의 시는 모드 곤을 염두에 두고 쓴 작품이다. 예이츠는 모드 곤에게 1891년에 처음 청혼을 시작해서 1903년 모드 곤이 다른 사람과 결혼하기 전까지 몇 년 간격으로 계속 청혼하고 퇴짜를 맞는 과정을 반복했다. 모드 곤은 예이츠의 시에서 옛 트로이 왕국의 멸망을 가져온 헬렌 등으로 비유되면서 그가 많은 시를 낳게 한 중요한 원동력이었다.

이 무렵부터 예이츠와 올리어리는 여러 문학단체를 통합하여 '아일랜드청년연맹'을 조직하고 더블린의 '아일랜드문인협회'를 창립하는 등 아일랜드 문예부흥운동에 전력하게 된다. 예이츠는 1896년 31살 때 에드워드 마틴의 소개로 그레고리 여사를 처음 만났다. 그레고리 여사는 아일랜드 작가이면서 예술 후원자로서, 쿨 호수 근처에 대규모 사유지를 소유하고 있었다. 이 선집에 실린 「친구의 병」, 「새로운 얼굴들」 등은 그레고리 여사와 관계된 작품들이다. 그레고리 여사와 예이츠 등은 협력하여 더블린에 '애비극장'의 전신인 '아일랜드문예극장'을 설립했다. 예이츠는 '아일랜드극협회'를 창설하고, 그 첫 공연으로 자신의 시극(詩劇) <캐슬린 백작부인>을 무대에 올렸다. 예이츠의 <캐슬린 니 훌리언>이라는 작품의 공연에는 모드 곤이 주연배우로 등장하기도 했다.

1903년 예이츠의 나이 38세 때 민족주의자였던 모드 곤은 독립운동가 맥브라이드 소령과 결혼했다. 그 일로 예이츠는 큰 충격을 받는다. 1904년에는 '애비극장'이 개관했고, 1906년에 예이츠는 그레고리 여사 등과 함께 '애비극장'의 운영위원이 되었다. '애비극장'은 아일랜드 문예부흥운동의 중심지로서, 아일랜드의 민담과 전설, 영웅설화를 토대로 한 작품들을 상연함으로써 아일랜드의 민족정신을 고취하는 데 커다란 몫을 했다. 1908년에 예이츠는 자신의 여덟 권의 초기 시집을 모아 『시전집』을 출판했다.

모드 곤은 결혼한 지 얼마 안 되어 남편과 별거 상태에 들어갔다. 예이츠는 노르망디에 머물고 있던 모드 곤을 찾아가 그녀에게 프랑스어를 배우기도 했다. 1911년에는 현대시에 이미지즘을 도입했던 에즈러 파운드를 처음 만나고, 셰익스피어 여사의 소개로 나중에 부인이 된 조지 하이드 리즈를 만난다. 1914년에는 아일랜드 자치법안이 통과되었지만 제1차 세계대전이 터지자 법이 시행되지 못했고, 이는 결국 1916년 부활절 독립투쟁 사건의 한 원인이 되기도 했다.

3. 보다 큰 세계를 향하여

1915년에 이르러 예이츠는 파운드에게 자극을 받아 일본의 극(劇)에 흥미를 갖게 되었고, 1916년에는 『윌리엄 버틀러 예이츠 자서전』의 기초가 된 「유년기와 청소년기에 대한 회상」을 출판했다. 1916년에는 예이츠의 생애뿐만 아니라 아일랜드 역사에도 엄청난 중요성을 가진 사건이 벌어진다. 4월 부활절 주간에 일어난 아일랜드 독립투사들의 무장봉기가 그것이다. 아일랜드의 1916년 부활절봉기는 우리나라의 1919년 3·1운동과 유사한 독립운동이라 할 수 있다. 그 차이점은 3·1운동이 전국적으로 많은 국민들에 의해 장기간에 걸쳐 펼쳐진 비폭력적 운동이었다면, 1916년 부활절봉기는 소수 독립운동가들에 의한 단기간의 무력투쟁이었다는 것이다. 1916년 4월 24일부터 30일까지 아일랜드 독립운동가들은 더블린의 중심가에 있는 중앙은행을 점거하고 아일랜드의 독립을 선언했다. 그러나 그들의 저항도 결국 영국 함포 사격을 받아서 중앙은행 건물이 무너지고 주모자들이 체포되고 처형됨으로써 끝나게된다. 모드 곤의 남편이었던 맥브라이드도 주모자 중 하나로 체포되어 5월 초에 총살당한다. 모드 곤의 남편이 죽자 예이츠는 노르망디에 머물고 있던 모드 곤을 찾아가 다시 청혼하지만 거절을 당하게 된다.

1916년의 무장봉기와 독립운동가들의 처형, 그에 대한 예이츠의 반응은 그의 시 「1916년 부활절」에 잘 나타나 있다. 예이츠는 이 사건이 있기 전까지는 독립운동가들과는 얼굴만 아는 정도의 사이였고, 그래서 그의 관심은 정치적인 것보다는 시 예술에 집중되어 있었다.

> 내가 그들을 만난 것은 해 질 무렵,
> 그들은 계산대나 책상을 벗어나
> 18세기풍 회색 집들 사이에서

생기 도는 얼굴로 나타났다.
나는 고개를 끄덕이거나
공손하지만 의미 없는 말로 인사를 하며 지나치거나,
잠시 머뭇거리면서
공손하지만 의미 없는 말을 건네다가
인사가 채 끝나기도 전에,
시인 모임방 난롯가에 앉아 있는
어떤 친구를 즐겁게 해줄 수 있는
조롱거리나 농담거리를 생각했다.

예이츠는 그들을 거리에서 만났을 때 "공손하지만 의미 없는" 형식
적 인사를 할 뿐이었고, 그 인사가 채 끝나기도 전에 시인 모임방에서
할 웃음거리를 생각하고 있었다고 고백하고 있다. 그것은 독립운동가
들과 예이츠의 관계가 소원(疏遠)해서라기보다는 아일랜드 사람들 모두
가 어떤 패배의식에 사로잡혀 있었기 때문이었다고 생각하는 것 같다.

그들이나 나나 어릿광대 옷을 입고
살 수 밖에 없다고 확신했으므로.

'어릿광대 옷을 입고 산다'는 말은 희극에 나오는 광대처럼 산다는
뜻으로서, 아일랜드 사람들이 하는 일이란 그저 광대 짓에 불과한 의미
없는 일일 뿐이었다는 자조감(自嘲感) 섞인 표현이다.
그러나 바로 다음 부분에서 예이츠는 1916년 독립투쟁 과정을 거치
며 이들의 광대 짓이 완전히 변했고, 그 결과 "끔찍한 아름다움이 탄생
했다"라고 말하고 있다.

모든 것이 달라졌다, 완전히 달라졌다.
끔찍한 아름다움이 탄생했다.

　여기에서 독립운동가들의 애국심의 표출을 '훌륭하다'거나 '숭고하다', '거룩하다' 등의 말 대신 '아름답다'라는 말로 표현하는 것은 놀랍다. 그런데 그 아름다움을 "끔찍한 아름다움"이라고 표현하는 것은 더 놀랍다. 아름다움은 끔찍함과 어울릴 수 있는 개념이 아니므로 "끔찍한 아름다움"이라는 말은 그 자체로 모순적으로 느껴진다. 그러나 예이츠는 이 모순적 표현을 통해 부활절봉기의 성격과 그 투쟁의 결과를 복합적으로 표현하고 있다. 일반적으로 이 표현은 부활절봉기가 한편으로는 독립을 향한 아일랜드인의 열망을 집중적으로 표출한 '아름다운' 행위였지만, 또 한편으로는 원하는 결과를 얻지 못한 채 커다란 희생을 초래했기 때문에 '끔찍한' 것이었다는 뜻으로 읽힌다. 예이츠의 생각도 당시 일반 아일랜드인들의 생각과 비슷했던 것으로 보인다. 그들은 보통 아일랜드의 독립에는 찬성하면서도 이 부활절봉기가 많은 희생을 가져왔기 때문에 불필요하지 않았나 하는 생각을 하고 있었다. 그런데 이처럼 '아름다움'과 '끔찍함'을 분리시켜 해석하는 것은 이 사건의 결과에 초점을 맞추어 작품을 기계적으로 읽는 데서 나오는 것으로 보인다. 이 구절은 '독립운동가들이 가진 숭고한 정신의 발현 자체가 말로 표현할 수 없을 정도로 엄청나게 아름다운 것이었다'는 의미를 한마디로 압축한 것으로 읽히기도 한다. "끔찍한 아름다움이 탄생했다"라는 표현은 제1, 2, 4부 끝에 후렴처럼 반복됨으로써, 이것이 부활절봉기에 대한 예이츠의 생각을 요약하고 있다는 점을 분명히 알려준다.

　이 시는 제2부에서 이름을 명시하지 않은 채 독립운동가 네 사람의 부활절봉기 이전의 행적들을 하나씩 나열한다. 특히 마지막 부분에서는 모드 곤의 남편이었던 맥브라이드 소령도 언급한다.

또 다른 이 사람을 나는
술주정뱅이, 허풍쟁이 얼간이라고 생각했었다.
그는 내 마음 가까이 있는 사람들에게
아주 몹쓸 잘못을 저질렀지만
나는 그 또한 내 시 속에 넣는다.
그도 이 일상적인 희극에서
자신이 맡았던 역을 던져버렸다.
그도 역시 자기 차례가 되자 달라졌다.
완전히 달라졌다.
끔찍한 아름다움이 탄생했다.

예이츠는 맥브라이드가 자신의 "마음 가까이 있는 사람들", 특히 모드 곤 같은 사람에게 몹쓸 잘못을 저질렀던 "술주정뱅이", "허풍쟁이 얼간이"이지만, 아일랜드 독립을 위한 투쟁 과정에서 희생되었던 인물이기 때문에 이 시에서 언급한다고 말한다. 그도 역시 희극에서 하던 '광대 짓'을 던져버리고 이제 비극의 주인공이 되었다는 것이다. 그래서 "끔찍한 아름다움이 탄생했다"라고 말한다.

제3부에서는 이들의 독립정신이 돌의 이미지로 표현되고 있다. 독립을 향한 그들의 의지가 굳기 때문에 그들의 정신은 돌과 같았지만, 결과적으로 그들은 돌처럼 굳어서 생(生)의 거대한 흐름을 따라가지 못했고 결국 죽음을 초래했다는 것이다. 희생된 독립운동가들의 의지를 돌의 이미지로 표현하는 데서 우리는 예이츠가 이들의 행동을 마냥 긍정적으로 평가하고 있는 것은 아니라는 사실을 느끼게 된다.

제4부에서 예이츠는 "그것은 결국 쓸모없는 죽음이었나?"라고 묻고 있다. "무슨 일이 있었고 무슨 말이 있었건 간에/ 영국은 약속을 지킬 수도 있었으니까"라고 말한다. 그러나 그는 희생된 독립운동가들의 이름

을 하나씩 부르고 후렴구를 반복하면서 시를 마무리한다.

> 지나친 조국애가 그들을 죽음에 이르도록
> 혼란스럽게 만들었다면 어쩌겠는가?
> 나는 그것을 한 편의 시로 쓴다.
> 맥도나와 맥브라이드
> 코널리와 피어스는
> 현재와 다가올 미래에도,
> 초록 옷을 입은 곳 어디서나
> 달라졌다, 완전히 달라졌다.
> 끔찍한 아름다움이 탄생했다.

이후 예이츠는 50세의 나이가 넘도록 끝내 모드 곤의 사랑을 얻지 못하다가 마침내 1917년 10월, 일종의 강신무(降神巫)라 할 수 있는 조지 하이드 리즈와 결혼하게 된다. 예이츠 부부는 신혼여행 때부터 무의식 상태에서 신비한 존재로부터 전달되는 메시지를 기록하는 소위 '자동기술(自動記述)'을 시작했고, 이 기록들이 체계적으로 정리된 것이 바로 『비전』이라는 책이다. 1919년에는 장녀 앤 버틀러 예이츠가 출생하게 되는데, 나중에 화가가 된다. 1921년에는 나중에 상원의원이 되는 장남 윌리엄 마이클 예이츠가 출생한다.

1922년에는 아일랜드 내란이 발발하고 예이츠는 거기서 자극을 받아 「내란 때의 명상」이라는 시편을 쓰게 된다. 내란이 휴전 상태에 들어가자 영국 정부는 아일랜드의 자치정부를 인정하게 되는데, 예이츠는 상원의원으로 추대되어 6년간 공직을 맡게 된다. 1922년에는 예이츠의 20대 초반부터 30대 중반까지의 삶을 기록한 「휘장의 떨림」이라는 자서전적 성격의 글을 발표한다. 1923년에는 주로 시극에 대한 성과를 근거로 노벨문학상을 수상하게 된다. 1925년에는 인간의 유형과 역사의 순환 등에 관한 예이츠의 관념을 집대성한『비전』의 초판이 출판되고, 1926년에는 예이츠의 여러 자서전적 기록들이 합쳐져『윌리엄 버틀러 예이츠 자서전』이라는 이름으로 출판된다.

1927년부터 예이츠는 건강이 악화되어 요양을 시작하고, 1928년에 상원위원의 임기가 끝난 후 건강문제로 재선을 사양하게 된다. 1931년 66세 때는 BBC에서 방송 강연을 한다. 1934년 69세 때는 성공적인 회춘수술을 받아 기뻐하기도 한다. 그러나 1939년에 병이 돌발하여 1월 26일에 요양 중이던 프랑스에서 사망한다. 문제는 제2차 세계대전 중이라 유해가 바로 본국으로 돌아오지 못하고 일단 프랑스 땅에 묻히게 되었다는 것이다. 예이츠의 유해는 그가 죽은 지 9년이 지난 1948년에야 아일랜드 군함에 실려서 아일랜드로 송환된다. 육군 의장대가 호위를 하게 되는데, 이때 정부대표는 모드 곤의 아들 외무장관 션 맥브라이드였다. 예이츠는 아일랜드 슬라이고 근교 벤불벤산 기슭에 있는 드럼클리프 교회 묘지에 안장된다. 그 비석에는 「벤불벤산 아래서」라는 예이츠의 마지막 시의 구절이 새겨져 있다.

> 싸늘한 시선을 던져라
> 삶에, 죽음에
> 말 탄 사람이여, 지나가라!

4. 통합적 세계를 향한 열망

예이츠의 일생을 전체적으로 살펴볼 때 그는 대립된 두 세계의 어느 한쪽이나 그 경계선에서 살았던 시인이 아니라 양쪽 모두에서 살았던 시인으로 보인다. 그는 현실과 이상, 육체와 영혼, 젊음과 늙음, 삶과 죽음, 실상과 허상, 삶과 예술, 아일랜드와 영국 등 상반되거나 대립된 두 세계 사이에서 끊임없이 고뇌하고 방황하면서도 결코 어느 한쪽을 포기하는 법이 없었던 것 같다. 이런 점은 앞서 분석한 「1916년 부활절」에서뿐만 아니라 「초등학생들 사이에서」라는 시에서도 잘 드러난다.

「초등학생들 사이에서」는 아일랜드에 자치정부가 수립된 후 상원의원이 된 예이츠가 한 초등학교를 시찰했던 경험을 토대로 쓴 작품이다. 당시에 이미 환갑을 넘겼던 예이츠는 아이들을 살펴보면서 자신과 모드 곤의 젊은 시절을 떠올리고 자신의 늙음을 새삼 느끼며 자신이 이제는 허수아비와 같은 존재에 불과하다는 사실을 인식하게 된다.

> 미소 짓는 모든 이에게 미소를 건네고
> 마음 편한 늙은 허수아비가 있음을 보여줌이 좋겠다.
> — 제4연

> 낡은 막대기에 낡은 옷가지 걸치고 새를 좇는 이 꼴.
> — 제6연

총 일곱 개의 연으로 된 이 시는 이런 식의 인간의 노쇠와 인생무상에 대한 한탄이 주조를 이루며 절망적이고 슬프게 끝난다. 그러나 예이츠는 이 작품의 개정본에서 이와는 전혀 다른 분위기의 마지막 여덟 번째 연을 추가하며 자신이 지향하는 이상적 세계에 대한 비전을 보여준다.

> 육체가 영혼을 즐겁게 하기 위해 상처받지 않는 곳,
> 아름다움이 그 자체의 절망에서 생겨나지 않는 곳,
> 지혜가 눈이 침침해지는 밤샘 공부에서 나오지 않는 곳에서

인간의 활동은 꽃피고 춤춘다,

오, 밤나무여, 거대한 뿌리를 박고 꽃을 피우는 자여,

그대는 잎인가, 꽃인가, 아니면 줄기인가?

오, 음악에 맞추어 흔들리는 육체여, 빛나는 눈길이여,

어떻게 우리가 춤과 춤꾼을 구별할 수 있겠는가?

실패와 고난이 늘 뒤따르기 마련인 인간의 모든 활동이 꽃을 피우고 춤을 추게 되는 축제적 순간이 여기에 그려지고 있다. 그런 순간은 정신적인 것과 자연적인 것, 영혼과 육체, 이상적인 것과 실제적인 것이 양분되거나 모순되지 않는 곳, 모든 이분법적인 경계가 무너지고 융화되는 곳에서 가능하다는 것이다.

'꽃피고' '춤추는' 인간의 노동은 이 연의 마지막 네 행에서 꽃피는 밤나무와 춤꾼에 대한 언급으로 구체화된다. 그런데 여기에서 말하는 나무와 춤꾼은 동일선상에서 논의하기는 어렵다. 나무를 잎과 꽃과 줄기 등으로 나누고 그 모두를 합쳐야 나무가 된다는 식의 얘기와 춤과 춤꾼을 분리할 수 없다는 것은 다른 종류의 얘기다. 전자는 한 유기체의 부분들 상호 간의 관계, 또 부분과 전체의 관계를 말하는 것이고, 후자는 어떤 행위와 그 행위자와의 구분 불가능성을 말하는 것이기 때문이다. 그럼에도 불구하고 예이츠는 하필 왜 이 두 이미지를 동시에 제시하고 있는가?

예이츠의 소위 '존재의 통합(Unity of Being)'이라는 개념을 표현하고 있는 것으로 평가되는 이 나무와 춤꾼의 이미지는 다음 글에서 적절한 해명을 얻고 있는 것으로 보인다.

(대리석이나 청동으로 만든 예술품의) 이미지와 살아 있는 아름다움 사이에는 고통스러운 차이가 있다. 그리고 이 대조로부

터 대리석이나 청동이 아닌 살아 있는 아름다움과 닮은 시적
이미지에 대한 필요성이 생겨난다. 이제는 어떤 정적(靜的)인
이미지도 도움이 되지 못할 것이다. 가장 완벽한 예술품과 비
교해서 춤꾼이 갖고 있는 다른 종류의 생명력인 움직임이 있
어야 한다(커모드, 『낭만적 이미지』, 99쪽).

이어지는 글에서 커모드는 예이츠의 시에 나타난 밤나무 이미지도
비슷한 의미를 갖고 있다고 말한다. 결국 예이츠는 살아 있는 아름다움
을 표현하기 위해 이들을 사용했다는 것이다.

예술적 창조 과정에는 두 가지가 전제된다. 예술은 완전한 것이요,
초시간적이며 변치 않는 '존재(being)'의 영역에 있다. 반면에 예술이 그
대상으로 하는 현상계 혹은 삶의 세계는 불완전한 시간에 사로잡힌 변
화하는 '생성(becoming)'의 영역에 있다. 예술은 영원하지만 살아 있지
못하고, 삶의 세계는 살아 있지만 영원할 수가 없다. 예술과 삶이 가진
강점은 동시에 그 약점이기도 하다. 여기에서 우리는 이 둘을 변증법적
으로 극복할 필요성을 느끼게 된다. 예이츠가 제시하고 있는 꽃피는 나
무와 춤꾼의 이미지는 바로 그러한 가능성을 보여준다. 이것들은 예술
과 삶이 결합된 것이요, 그것이 축제적 분위기 속에서 완성됨을 보여주
고 있다고 할 수 있을 것이다. 이 시의 마지막에서 춤추고 있는 것은 그
래서 바로 앞의 꽃피는 밤나무로 보이기도 한다. 그렇게 보면 이질적으
로 보이는 이 두 이미지는 하나의 통일된 생각 속에 녹아들게 된다. 움
직이지 못하는 밤나무가 춤추는 경지, 그것이 바로 삶과 예술의 절정이
아닌가?

이 시의 마지막 구절 "어떻게 우리가 춤과 춤꾼을 구별할 수 있겠는
가?"는 예이츠의 생애와 예술 세계가 보여준 특성을 그대로 표현하고
있는 것으로 보인다. 춤은 예술 작품이요, 춤꾼은 그 작품을 창조한 예

술가를 표상한다. 우리는 춤꾼이 춤을 출 때, 그 춤을 춤꾼과 구별할 수도, 춤꾼에게서 따로 떼어낼 수도 없다. 이 글의 원점으로 다시 돌아가자면, 예술 작품을 예술가의 생애나 시대적 환경을 중심으로 해석하는 것은 '현대적'이지 못하다는 비판에도 불구하고 우리는 예술은 본질적으로 예술가와 분리될 수 없다는 생각에 이르게 된다. 특히 자신의 온 생애를 작품에 쏟아부었던 예이츠의 경우는 두말할 나위가 없다. 예이츠의 작품 세계는 현대시가 일반적으로 지향하는 고전적 절제와 기율(紀律)은 기대하기 어렵지만 삶의 다양한 모습들을 모조리 흡수하고 수용하는 감성적 낭만주의자로서의 특성을 보여주었다고 할 수 있을 것이다.

작가 연보

1865년   6월 13일 아일랜드 수도 더블린에서 출생.

1884년   5월 더블린 메트로폴리탄 미술학교 등록.

1886년   4월 전문적 문필가가 되기 위해 미술 공부 포기.
         존 올리어리의 영향으로 아일랜드 민족주의에 눈뜨기 시작함.

1887년   영국의 잡지에 최초로 시들을 발표함.

1889년   1월 첫 시집 『어쉰의 방랑과 기타 시편』 출간.
         존 올리어리의 소개로 모드 곤을 만나 사랑에 빠짐.

1891년   런던의 '시인클럽'과 '아일랜드 문인협회'의 창립회원.
         모드 곤에게 처음으로 청혼했으나 거절당함.

1892년   8월 『캐슬린 백작부인과 여러 가지 전설 및 서정시』 출간.

1893년   1~2월 에드윈 엘리스와 『블레이크 작품집』 편집 출간.
         12월 신화 및 민담집 『켈트의 여명』 출간.

1894년   파리 처음 방문, 모드 곤에게 다시 청혼.

1897년   4월 시집 『비밀의 장미』 출간.

1899년   2월 파리에 있는 모드 곤 방문, 다시 청혼했으나 거절당함.
         시집 『갈대숲의 바람』으로 로열아카데미상을 받음.

1903년   2월 모드 곤이 맥브라이드 소령과 결혼, 예이츠는 큰 충격을 받음.
         8월 시집 『일곱 숲에서』 출간.

1910년   12월 시집 『초록 헬멧과 기타 시편』 출간.

1916년   더블린에서 부활절에 민중봉기가 일어남.

1917년	10월 조지 하이드 리즈와 결혼.
1919년	11월 시집 『쿨 호수의 야생백조』 출간.
1922년	1월 아일랜드 내란 발발. 시편 「내란 때의 명상」을 씀. 상원의원으로 추대되어 6년간 일함.
1923년	11월 노벨문학상 수상.
1925년	『비전』 초판 출간.
1926년	11월 『윌리엄 버틀러 예이츠 자서전』 초판 출간.
1928년	2월 시집 『탑』 출간.
1933년	10월 시집 『나선형 계단 시편』 출간. 11월 『시전집』 출간.
1934년	11월 『시극전집』 출간.
1939년	1월 26일 요양 중이던 프랑스에서 사망.
1948년	9월 유해가 군함에 실려 고국 아일랜드에 돌아옴.

지은이 윌리엄 버틀러 예이츠

예이츠는 아일랜드 더블린에서 초상화가 존 버틀러 예이츠의 아들로 태어났다. 처음에는 화가가 되기 위해 그림 공부를 시작했지만, 이내 문학으로 방향을 전환했다. 예이츠는 24세 때 첫 시집을 발표한 이후 여러 번의 변모를 거치며 수많은 작품을 내놓았다. 그의 많은 글은 아일랜드 신화와 민속 설화를 바탕으로 하고 있으며, 이런 작업은 아일랜드 고유의 정신을 고취하고자 했던 켈트족 문예부흥운동으로 이어졌다.

1922년에는 아일랜드 자치정부의 상원의원으로 추대되어 6년간 일했으며, 건강이 악화되자 프랑스로 요양을 갔다가 1939년 숨졌다. 그의 유해는 제2차 세계대전이 끝난 후 1948년 본국으로 송환되어 외가가 있는 슬라이고의 교회묘지에 묻혔다.

1923년 예이츠가 노벨상을 받은 것은 주로 그의 극작품에 대한 평가 때문이었으나, 전체적으로 볼 때 더 높은 평가를 받는 것은 시작품으로서, 많은 수가 50대 이후 나온 것들이다. 대표 작품으로는 시집『쿨 호수의 야생백조』(1919),『탑』(1928),『나선형 계단 시편』(1933), 신화 및 민담집인『켈트의 여명』(1893), 자동기술(自動記述)에 의해 완성된 독특한 상징체계를 담고 있는 산문집『비전』(1925), 그의 예술가로서의 성장 과정을 담고 있는『윌리엄 버틀러 예이츠 자서전』(1926) 등이 있다.

옮긴이 이철

서울대학교 인문대학 영어영문학과와 동 대학원을 졸업해 문학 박사학위를 받았다. 하버드대학 비교문학과와 코넬대학 영문과에서 연구했으며, 서울대학교 강사를 거쳐 강릉원주대학교 교수를 역임했다. 지은 책으로는 『낭만주의 영시』, 『르네상스와 신고전주의 영시의 이해』, 『낭만주의와 현대 영시의 이해』, 『영시읽기의 기초』(공저), 『영국문학의 이해』(공저), 『영미시』(공저) 등이 있으며, 옮긴 책으로는 『영미 개 시집』, 『윌리엄 버틀러 예이츠 자서전』(한국연구재단 우수학술도서 선정), 『비전』, 『낭만주의선언』, 『생일편지』, 『물방울에게 길을 묻다』 등이 있다.

한울세계시인선 08

어떻게 우리가 춤과 춤꾼을 구별할 수 있겠는가
윌리엄 버틀러 예이츠 시선집

지은이 ┃ 윌리엄 버틀러 예이츠
옮긴이 ┃ 이철
펴낸이 ┃ 김종수
펴낸곳 ┃ 한울엠플러스(주)
편집책임 ┃ 조수임
편집 ┃ 정은선

초판 1쇄 인쇄 ┃ 2024년 6월 5일
초판 1쇄 발행 ┃ 2024년 6월 25일

주소 ┃ 10881 경기도 파주시 광인사길 153 한울시소빌딩 3층
전화 ┃ 031-955-0655
팩스 ┃ 031-955-0656
홈페이지 ┃ www.hanulmplus.kr
등록번호 ┃ 제406-2015-000143호

Printed in Korea.
ISBN 978-89-460-8319-6 03840

※ 책값은 겉표지에 표시되어 있습니다.